L'histoire d'Odilon se lit et s'écoute en même temps.
Tout en tournant les pages de l'album, vous entendrez
le texte lu et mis en musique sur la plage 1 du cd.

plage 1 : l'orchestre d'Odilon le grillon, plage 2 : la clarinette,
plage 3 : le violon, plage 4 : l'alto, plage 5 : le violoncelle,
plage 6 : le xylophone, plage 7 : la mélodie d'Odilon pour piano,
plage 8 : le morceau de Loulou le pou

Gallimard Jeunesse / Giboulées
Sous la direction de Colline Faure-Poirée

ISBN : 2-07-055866-5
Dépôt légal : octobre 2005
Numéro d'édition : 128255
Loi n° 49956 du 16 juillet 1949
sur les publications destinées à la jeunesse
Imprimé en France par *Partenaires-Livres*®

L'orchestre d'Odilon le Grillon

Une drôle de petite série d'éveil
Sous la direction artistique d'Antoon Krings

Mis en images par Virginie Fraboulet
Mis en mots par Antonin Poirée

GiBOULÉES
GALLIMARD JEUNESSE

Odilon le grillon gigote dans son lit, il chantonne en rêve une petite mélodie qui le réveille en sursaut. Il ne faut pas qu'il l'oublie ! Vite, pour s'en souvenir, il sifflote l'air. La mélodie lui plaît beaucoup. D'un bond, Odilon se lève, et sans même prendre le temps de faire sa toilette, il attrape son violon et sort en trombe. Il faut absolument qu'il réunisse un orchestre dans les plus brefs délais. Odilon se précipite chez Pascale la cigale, sa voisine, la joueuse de clarinette.

Arrivé devant sa porte, il frappe vivement. Pascale lui ouvre, elle a de tout petits yeux fatigués. Sans un mot, Odilon entre, s'empare de la clarinette et la lui fourre entre les mains.
– Écoute cette mélodie que je viens de composer...
Odilon se met au violon, puis Pascale, lentement, reprend l'air avec sa clarinette. Odilon exulte :
– Magnifique !... Mais ça manque encore d'instruments à cordes !
– Et si on allait chez Barnabé, il a un gros violon, un alto ! propose Pascale.
– Bonne idée, allons-y vite ! dit Odilon.

Barnabé le scarabée a horreur qu'on le dérange quand il peint, sauf pour jouer de l'alto, son passe-temps favori. Avec un sourire complice, il se joint à eux. Odilon inspiré s'écrie alors :
– Un violoncelle, maintenant, il me faut un violoncelle ! Tous chez Huguette la guêpe !

En s'approchant de chez Huguette, le petit groupe entend un air mélancolique. « Tiens, on dirait qu'Huguette est de mauvaise humeur ! Allons l'égayer un peu ! » En farandole, les musiciens font irruption dans le jardin. En un tour de main Huguette est embrigadée, et les voilà qui commencent à jouer la mélodie accompagnés du violoncelle.

– Splendide ! Il me faut mon solo ! s'exclame Odilon. Allons trouver Loulou et son xylo !

Les petits musiciens toquent à la porte de Loulou le pou. Survolté comme à l'accoutumée, Loulou se lance dans une démonstration de solo déchaîné sur son xylophone :
– Écoutez-moi les amis, écoutez ce que je sais faire !
– C'est formidable, Loulou, mais joins-toi plutôt à nous ! lui propose Odilon.
– C'est PAR-FAIT ! Il ne manque plus que la touche finale… Léon ! dit Odilon, aux anges.
– Tu sais bien que Léon n'ouvre jamais l'œil avant midi, lui fait remarquer Pascale.

En chemin, ils rencontrent Patouch la mouche, le nez dans ses poubelles. Elle veut absolument faire partie de l'orchestre :
– Oh ! c'est zoli, z'adore ! Moi aussi z'peux zouer ?
Elle leur propose un petit air de percussion improvisé sur les poubelles. Odilon l'écoute gentiment, puis sort un triangle d'une de ses poches et lui propose une place dans l'orchestre... Patouch saute de joie.

La farandole trouve Léon le bourdon qui pique un roupillon à l'ombre de sa grosse caisse. Odilon la tire vers lui et frappe un grand coup dessus. BAOOOOM ! Léon se réveille en sursaut. Pas question qu'il aille faire quoi que ce soit avec qui que ce soit, il est bien trop fatigué. Odilon le rassure, il n'aura pas trop d'efforts à faire puisqu'il n'a qu'une seule note à jouer. Léon accepte, mais à une condition : il doit pouvoir faire la sieste toutes les deux heures.

– Marché conclu ! s'exclame Odilon qui a enfin réuni son orchestre au grand complet, tous au kiosque !

Sur le sentier qui mène au kiosque, la drôle de farandole s'entraîne en jouant une poursuite dans laquelle les instruments se succèdent les uns aux autres.

– Fantastique ! Grandiose ! Magnifique !
Odilon décide d'organiser un concert le soir même, devant tous les habitants du jardin.

La nuit est tombée, et l'orchestre d'Odilon est fin prêt. Toutes les petites bêtes sont venues pour l'applaudir. En particulier Carole la luciole, Mireille l'abeille et Frédéric le moustique qui, grands amateurs de musique, se sont placés au premier rang. Le silence se fait, le maestro Odilon lève son archet et, malgré le trac, les petits musiciens jouent devant leur public une mélodie parfaitement exécutée.

Huit fiches documentaires à détacher et à collectionner

Dans chaque titre de la collection,
les fiches apportent ou complètent des informations
données dans le texte concernant le sujet traité.

Chaque couleur correspond à une série :

Bleu pour les sciences

Rouge pour l'art et culture

Vert pour la nature

Orange pour la maison et la vie quotidienne

Lorsque vous trouverez ce petit signe sur les fiches à collectionner, écoutez les plages 2 à 6 du CD.

Les familles d'instruments

Chaque instrument de musique appartient à une famille.

Le son des instruments

Dans le monde des instruments, plus un instrument est ***gros*** plus il sonne ***grave***. Plus il est ***petit***, plus il sonne ***aigu***. Dans l'orchestre des petites bêtes, c'est le violoncelle d'Huguette la guêpe qui sonne le plus grave.

Le triangle de Patouch la mouche a le son le plus aigu et le plus perçant.

Le piano

Le piano est le seul instrument à pouvoir produire autant de notes à lui tout seul, pour ça il faut jouer avec ses deux mains.

Les instruments à cordes

Il y a trois façons de faire parler un instrument à cordes :
1- Pour la guitare ou la harpe, on ***pince*** les cordes comme pour les chatouiller.

2- Pour le violon ou l'alto, on ***frotte*** les cordes avec un ***archet***.
Celui-ci est composé d'une baguette en bois sur laquelle est fixée une mèche en crin de cheval. Les crins font vibrer la corde.

Prenons un exemple.
Dans la famille des instruments à cordes, le violon (1) est le plus aigu et le plus petit, l'alto (2) est plus grand et un peu plus grave, et le violoncelle (3) est encore plus grave et plus grand. Il existe un quatrième instrument encore très grand et très grave, la contrebasse (4) qui mesure près de 2 mètres.

3

2

1

4

Il y a trois grandes familles :

les instruments à ***cordes***,

les instruments à ***vent***

et les instruments à ***percussion***.

3- Le piano aussi est un instrument à cordes mais à ***cordes frappées***.

Le violon d'Odilon, l'alto de Barnabé et le violocelle d'Huguette la guêpe sont des instrments à ***cordes frottées***.

Le piano est un instrument à cordes, mais elles sont cachées à l'intérieur de la ***caisse de résonance*** (1). Pour faire un son, il faut enfoncer une touche avec son doigt.
La touche est reliée à un petit ***marteau*** (2) qui frappe au même moment une corde. C'est magique. Le piano peut jouer à lui tout seul la musique de toutes les petites bêtes.

Les instruments à vent

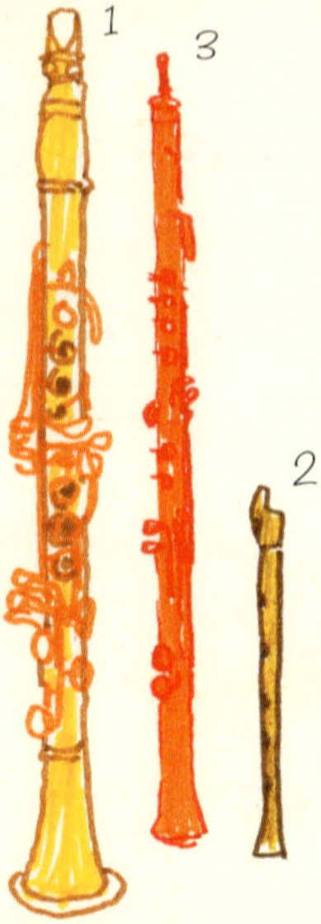

Pour faire parler un instrument à vent, il faut **souffler** dedans. Selon la matière dont ils sont faits, on les appelle « **les bois** » ou « **les cuivres** ».

La clarinette (1) de Pascale la cigale est « un bois », comme la flûte à bec (2) ou le hautbois (3). Son timbre est mélodieux.

Les instruments à percussion

Le xylophone, le triangle et la grosse-caisse sont des instruments à percussion.

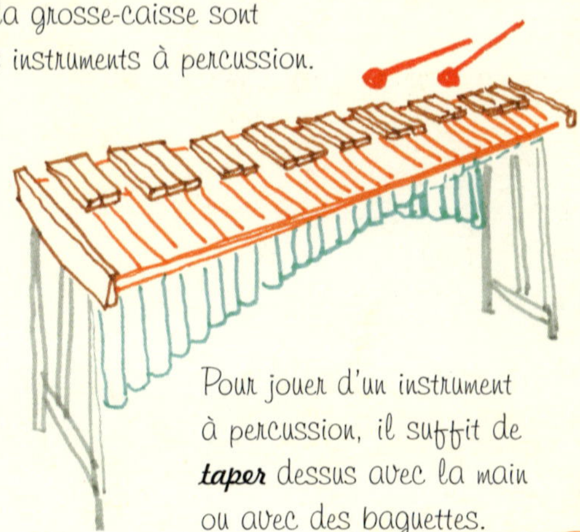

Pour jouer d'un instrument à percussion, il suffit de **taper** dessus avec la main ou avec des baguettes.

Le chef d'orchestre

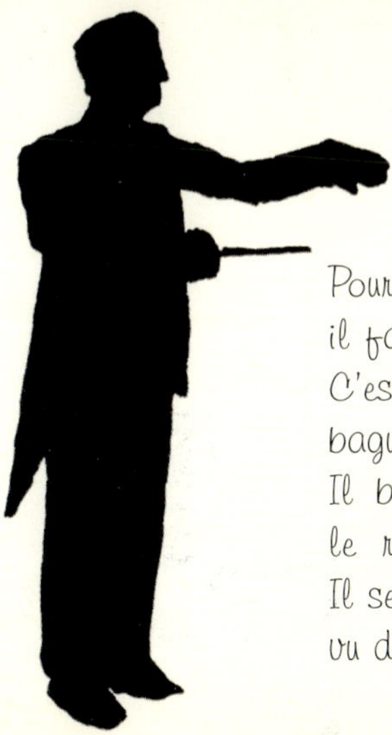

Pour diriger un orchesre, il faut un chef d'orchestre. C'est lui qui mène à la baguette tous les musiciens ! Il bat la mesure, donne le le rythme et les nuances. Il se met au milieu pour être vu de tous.

La farandole

Avec la musique, on peut aussi faire une farandole. Il suffit que quelqu'un fasse les premières notes.

Quand il a fini, un autre instrument prend le relais, comme si tous se donnent la main pour jouer ensemble une jolie mélodie qui dégringole des sons les plus aigus aux plus graves.

On joue du triangle en frappant simplement dessus avec une petite baguette en métal.

Quant à la grosse caisse, elle fait beaucoup de bruit! Pour obtenir un son puissant, il faut taper au milieu avec une baguette enrobée de feutre. Boum!

La trompette,

le trombone à coulisse

ou le cors sont « des cuivres ».

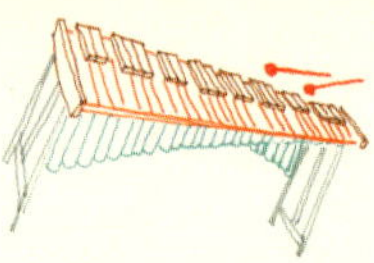

C'est le triangle qui commence de sa voix aiguë. Dès qu'il joue sa dernière note, le xylophone enchaîne puis se relaient les uns à la suite des autres, la clarinette, le violon, l'alto et le violoncelle. Mais il ne faut pas oublier de taper sur la grosse-caisse. Boum! Pour continuer la farandole, il n'y a plus qu'à reprendre depuis le début.

1- 1ers violons 2- 2e violons 3- percussions 4- cuivres 5- bois
6- altos 7- violoncelles 8- contrebasses

Dans un orchestre symphonique, un chef dirige jusqu'à cent vingt musiciens. Il leur indique quand ils doivent jouer, autrement tout le monde jouerait en même temps et ce serait une sacrée cacophonie!

La mélodie d'Odilon

Pour piano

CD :

Texte : Antonin Poirée
Musique : David Chaillou
Raconté : Pierre Samuel
Mise en scène : Clément Poirée

Musiciens :
François Gélin : percussions
Olivia Leblanc : clarinette
Carole Zanchi : violon
Julien Lo Pinto : alto
Romain Pillon : violoncelle
David Chaillou : piano